**P**ara mis sobrinas y sobrinos:
Itzy, Tony, Sammy, Isabelle, Camila, David, Vanessa,
Yulene, Maialen y todos los que todavía están por venir

**F**or my nieces and nephews:
Itzy, Tony, Sammy, Isabelle, Camila, David, Vanessa,
Yulene, Maialen, and all those still to come in the future

—F.X.A.

**P**ara Matthew, Zai y Sky siempre

**F**or Matthew, Zai, and Sky always

—M.C.G.

## Nota de la ilustradora

Mis ilustraciones siempre cuentan una historia dentro de la historia. He usado las imágenes en este libro para trasmitir una noción de atemporalidad, ciclos y círculos dentro de momentos cotidianos. Me sentí desconsolada cuando Francisco falleció justo después de que yo hubiera terminado los dibujos para el libro. Cuando revisité las imágenes, me di cuenta de que había trazado un camino para el retorno de Francisco, a través de su familia y de regreso al corazón del sol. Círculo sobre círculo. La creación del libro entero se convirtió en una meditación sobre todo el trabajo que habíamos hecho juntos durante años, y una manera de aceptar que no terminaríamos el libro para niños de tema LGBTQ que habíamos empezado.

Las ilustraciones están muy influidas por la eterna belleza de la artesanía indígena mexicana. Traté de crear diseños e imágenes que nos transportaran en el tiempo y que, a la vez, enriquecieran el presente. La profunda expresión creativa de las manos del artesano pervive, así como las hermosas palabras artesanales de Francisco. ¡Viva Francisco! ¡Te echamos muchísimo de menos!

## Ilustrator's Note

My art always tells the story inside the story. I used the imagery in this book to convey a sense of timelessness, cycles, and circles within everyday moments. I was heartbroken when Francisco quickly passed just after the drawings for the book were completed. When I returned to the imagery, I realized I had been charting a path for Francisco's return, through his family, back to the heart of the sun all along. Circle upon circle. The creation of the entire book became a meditation on all the work we had done together through the years and a letting go of the work we had begun for an LGBTQ children's book.

The art is heavily inspired by the eternal beauty of Mexico's indigenous crafts. I tried to create patterns and images that called us back in time even as they made the present richer. The deep creative expression of the artisan's hand lives on, as do Francisco's beautifully crafted words. Viva Francisco! You are dearly missed.

## Agradecimientos

Mi más rendido agradecimiento a Lucha Corpi, poeta, escritora y autora de libros para niños, por ayudarme a hacer realidad este libro. Gracias también al Dr. Karl E. H. Seigfried, especialista en mitología nórdica, escritor sobre religiones y presidente de Interfaith Dialogue de la Universidad de Chicago, por revisar la introducción de este libro.

## Acknowledgments

Grateful thanks to Lucha Corpi, poet, writer, and children's book author, for helping to make this book a reality. Thanks also to Dr. Karl E. H. Seigfried, Norse mythologist, religion writer, and president of Interfaith Dialogue at the University of Chicago, for reviewing the introduction to this book.

# FAMILY POEMS
## for Every Day of the Week

# POEMAS FAMILIARES
## para cada día de la semana

poems / poemas
**Francisco X. Alarcón**

illustrations / ilustraciones
**Maya Christina Gonzalez**

Children's Book Press, *an imprint of* Lee & Low Books Inc.
New York

Estos poemas bilingües reflejan la experiencia multicultural de un gran número de niños latinos en los Estados Unidos. También celebran los siete días de la semana, una rica herencia que muchas regiones del mundo comparten.

La semana de siete días se utilizó primero en los antiguos pueblos de Mesopotamia, quienes dieron los nombres de sus dioses al Sol, la Luna y los planetas Marte, Mercurio, Júpiter, Venus y Saturno. Siglos después, los romanos adoptaron la semana de siete días y cambiaron los nombres de acuerdo a su propio sistema de dioses y planetas.

El español viene del latín; por eso, los nombres de los días son los que los romanos usaban. El sábado (Saturday) proviene del hebreo latinizado *shabát* (Sabbath), el día de descanso y culto en la tradición judía. El domingo (Sunday) se deriva del latín *dominicus* que significa "de nuestro Señor" y equivale al día de culto cristiano. El lunes (Monday) viene del nombre de la *luna* en latín. Los otros cuatro días toman los nombres de dioses romanos, relacionados con los planetas. El martes (Tuesday) honra a Marte, dios de la guerra. El miércoles (Wednesday) celebra a Mercurio, el mensajero de los dioses. El jueves (Thursday) es en honor a Júpiter, el padre de los dioses. El viernes (Friday) es dedicado a Venus, la diosa del amor y la belleza.

El inglés proviene de varios lenguajes de antiguas tribus germánicas. Cuando todos ellos entraron en contacto con los romanos, dieron a los días nombres equivalentes a los de sus propios dioses. Sunday y Monday se refieren simplemente a "Sun's Day" y "Moon's Day". Los otros días son afines en nombre a dioses que pertenecen a la mitología nórdica. Tuesday (Tiu's day) proviene de Tiu, el dios equivalente a Marte. Wednesday (Woden's day) honra a Woden (también conocido como Odín) y corresponde al dios Mercurio. Thursday (Thor's day) se le dedica a Thor, el dios del trueno, como lo es Júpiter. Friday (Frigg's day) honra a Frigg, la diosa del amor y la belleza, igual que Venus. El sábado es algo extraño porque se deriva del nombre del dios romano Saturno.

¡Espero que disfrutes mis poemas cada día de la semana!

—*Francisco X. Alarcón, 2015*

These bilingual poems reflect the multicultural life experiences of many Latino children in the United States today. They also celebrate the seven days of the week, a rich heritage shared by most regions of the world.

The seven-day week was first used by the ancient peoples of Mesopotamia, who named the days after their gods associated with the Sun, Moon, and planets Mars, Mercury, Jupiter, Venus, and Saturn. Centuries later, the Romans adopted the seven-day week and changed the names to line up with their own system of gods and planets.

Spanish evolved from Latin, so its day names are connected to the ones used by the Romans. Sábado (Saturday) can be traced back through Latin to the Hebrew *shabát* (Sabbath), Judaism's day of rest and worship. Domingo (Sunday) comes from the Latin *dominicus*, which means "of the Lord" and reflects the Christian holy day. Lunes (Monday) comes from *luna*, the Latin word for "moon." The other four days are named after Roman gods connected to planets. Martes (Tuesday) recalls Mars, god of war. Miércoles (Wednesday) celebrates Mercury, messenger of the gods. Jueves (Thursday) is in honor of Jupiter, king of the gods. Viernes (Friday) commemorates Venus, goddess of love and beauty.

English descends from languages spoken by ancient Germanic tribes. When they came into contact with Romans, these tribes translated the day names to match their own gods. Sunday and Monday simply mean "Sun's Day" and "Moon's Day." The other days are named after gods who survive in Norse myths. Tuesday (Tyr's Day) is named after Tyr, the equivalent of Mars. Wednesday (Woden's Day) honors the god Woden (also known as Odin), who corresponds to Mercury. Thursday (Thor's Day) is named after Thor, a thunder god like Jupiter. Friday (Frigg's Day) is named in honor of the goddess Frigg, who corresponds to Venus. Saturday is the odd leftover, which seems to keep the name of the Roman god Saturn.

I hope you enjoy these family poems every day of the week!

—*Francisco X. Alarcón, 2015*

# Domingo Sunday

el primer día
de la semana fue
dedicado al Sol—

con familia alrededor
siempre hace sol
en domingo

the first day
of the week is
dedicated to the Sun—

with family around
it's always sunny
on Sunday

# Playful on Sunday

running after balls
our joyful doggie is like
a swift bowling ball

sleeping all rolled up
he becomes a balmy
ball of fuzz

# Juguetón en domingo

al correr tras pelotas
nuestro alegre perrito parece
una veloz bola de boliche

al dormir todo enroscado
se hace una calentita
bola de peluche

# Día familiar

el domingo
lo pasamos en casa
de nuestros abuelitos

junto con tíos y tías
muchos primitos
parientes y amigos

mientras los niños
nos ponemos a jugar
pelota en el jardín

los adultos por horas
comen y charlan todos
a la vez pero callan

cuando Abuelito cuenta
cómo un domingo conoció
a Abuelita en México

su cara entonces
reluce una sonrisa
radiante como el Sol

# Family Day

we spend Sunday
at our grandparents'
home together

with uncles and aunts
lots of little cousins
relatives and friends

while we children
get to play ball
on the green lawn

for hours grown-ups
eat and chat all at once
but they quiet down

when Grandpa tells how
one Sunday he first met
Grandma in Mexico

Grandpa's face
then shines with a smile
bright like the Sun

# Lunes

este día se llama
igual que la Luna—
por eso quizás

al mediodía aún estoy
soñando con la Luna
el lunes

# Monday

this day is named
after the Moon—
maybe that's why

at noon I'm still
daydreaming on the Moon
on Monday

# Deseo del lunes

cómo me gustaría
que el lunes se volviera
en domingo otra vez

para que mis papacitos
no tuvieran que salir
a trabajar al amanecer

# Monday Wish

how I wish Monday
would just turn
back into Sunday

so my dear parents
wouldn't have to go
out to work at dawn

# El lunes me siento como un dragón

el lunes temprano
tengo el pelo erizado
como erizo de mar

las ostras cerradas
de mis ojos dormilones
apenas las puedo abrir

el lunes de mañana
soy un puercoespín
de muy mal humor

esta cola de humo
que ven dejo al pasar
es el dragón en mí

listo para rugir
en cualquier momento
un gran llamarón

pero un amistoso
"¡hola!" basta
para apagar su fuego

después de saludar
charlar y reírme con
compañeros del salón

a media tarde estoy
muy feliz de estar
en la escuela el lunes

# On Monday I Feel Like a Dragon

early on Monday
my hair stands out
like a sea urchin

I can barely open
the shut oysters
of my sleepy eyes

Monday afternoon
I'm a wild porcupine
in real bad humor

this trail of smoke
you see following me
is the dragon in me

ready to let go
at any moment
a big blazing roar

but a friendly
"hello!" is enough
to douse the fire

after I greet and chat
and laugh out loud
with my classmates

by mid-afternoon
I'm so happy to be
at school on Monday

# Martes Tuesday

este día honra a Marte
ese puntito rojo brillante
en el cielo distante—

cuando conozco a alguien
me sonrojo tímido como
Marte en martes

this day honors Mars
that red dot spark
far up in the sky—

when I meet someone new
I turn red like Mars
on Tuesday

# En otro lugar  Somewhere Else

quizás haya otro niño
mirando ahora a Marte
en la noche celestial

sintiéndose igual que yo—
como puntito de puntuación
solo entre tanta oscuridad

maybe there is another kid
looking right now at Mars
up in the night sky

feeling just as I do—
like a tiny punctuation dot
alone amid so much dark

# Escucha

"escucha m'ijito
nunca estamos
solos en realidad"

me susurra
mi abuelita
en la oscuridad

"el viento
las estrellas
el mar

a cada uno
no nos dejan
de hablar"

# Listen

"listen *m'ijito*
we are never
really alone"

whispers
my grandma
in the dark

"the wind
the stars
the sea

never stop
speaking to
each of us"

## Martes de Carnaval

cada año mis pies
esperan ansiosos
este día especial

Mardi Gras—
que en francés
es "Martes Gordo"

si todos los martes
fueran igualitos
al Martes de Carnaval

mis pies bailarían siempre
al compás del tambor
en mi corazón

## Carnival Tuesday

every year my feet
look forward to
this special day

Mardi Gras—
that is French
for "Fat Tuesday"

if all Tuesdays
were just like
Carnival Tuesday

my feet would dance
to the beat of the drum
in my heart

**Miércoles**

este día celebra a Mercurio
el planeta más veloz del cielo
y dios romano del comercio—

quizás por eso dondequiera
es día de mercado
el miércoles

**Wednesday**

this day celebrates Mercury
the fastest planet in the sky
and Roman god of trade—

maybe that's why
market days take place
on Wednesday

# Deleite del miércoles

los miércoles por la tarde
Mamá nos lleva a todos
al mercado sobre ruedas local

donde siempre nos perdemos—
el olor de palomitas de maíz
recién rostizadas en el aire

# Wednesday Treat

on Wednesday evenings
Mama takes all of us to
the local farmers' market

where we soon get lost—
the smell of freshly
roasted popcorn in the air

# El peor día

el miércoles
es el peor día
de la semana

no es ni lunes
ni martes
ni jueves

y para viernes
dos días más
faltan todavía

el miércoles
es un día atorado
a mitad de la semana

y parece como
el día más largo
de todos los demás

# Worst Day

Wednesday
is the worst day
of the week

it's neither Monday
nor Tuesday
nor Thursday

and Friday
is still two whole
days away

Wednesday
is a day stuck
at week's midway

and seems like
the longest day
of them all

# El **tiempo** es vacilón

durante juegos y recreos
el tiempo corre muy veloz
como liebre

pero en horas de clase
nos parece tan lento
como una tortuga

# Time
## is Very Tricky

through recess and games
time races at full speed
like a hare

but during class hours
time slows to the pace
of a tortoise

# JUEVES

este día es por Júpiter
el planeta mayor de todos
y dios del trueno como Thor—

como Júpiter y Thor
me siento todopoderoso
el jueves

# Thursday

this day is for Jupiter
the largest planet of all
and god of thunder Thor—

like Jupiter and Thor
I feel big and mighty
on Thursday

# En vez del Día
## de Acción de Gracias

el cuarto jueves
de noviembre recuerdo
a la gente que con danzas y cantos

celebra en la isla de Alcatraz
la Ceremonia del Amanecer
de los Pueblos Indígenas

# Instead of
## Thanksgiving Day

on the fourth Thursday
of November I recall the people
who with dances and songs

celebrate on Alcatraz Island
the Indigenous People's
Sunrise Gathering

# La mejor cena

casi todos los jueves
y para celebraciones
o sin más razón

a mi familia le gusta
ir a cenar a un fino
restaurante chino local

donde los Chang
nos hacen sentir a todos
como en casa

la Sra. Chang
siempre tiene palabras
cordiales para nosotros

mientras al Sr. Chang
lo vemos saludarnos
desde la cocina

un día los Chang
nos enseñaron
a usar palillos chinos

ahora sabemos comer
la comida china
tal como los Chang

pero la mejor cena es
cuando todos compartimos
nuestro platillos favoritos

# Best Dinner

almost every Thursday
and for celebrations
or for no reason at all

my family likes to
eat out at a fine local
Chinese restaurant

where the Changs
make us all feel
very much at home

Mrs. Chang always
has some friendly
words for us

while we see
Mr. Chang waving
at us from the kitchen

once the Changs
showed us how
to use chopsticks

now we know how
to eat Chinese food
like the Changs

and the best dinner is
when we all share
our favorite dishes

# Viernes

todos en este día
nos sentimos muy amistosos—
las diosas del amor

Venus y Frigg hacen
de cada viernes
un Día de San Valentín

# Friday

on this day
we all feel very friendly—
the goddesses of love

Venus and Frigg
make every Friday
a Valentine's Day

# Viernes feliz

orugas joviales
alistándose para
el fin de semana

se vuelven mariposas
y se echan a volar
el viernes

# Happy Friday

cheerful caterpillars
getting ready for
the weekend

turn into butterflies
and fly away
on Friday

# Lavado de carros

todos los viernes
al volver de la escuela
mis hermanos y yo

nos ponemos
pantalones cortos
camisetas y sandalias

y salimos a ofrecer
nuestros servicios
a amigos y vecinos

cargando un letrero
un balde de agua
viejas toallas y jabón—

nuestro barrio se vuelve
un enorme autoservicio
de lavado de carros a mano

# Car wash

every Friday after
coming home from school
my brothers and I

put on some shorts
worn T-shirts and
beach sandals

and set out to offer
our services to friends
and neighbors

carrying a sign
a water bucket
old towels and soap—

our neighborhood turns
into a huge auto service
car wash by hand

# Sábado

este día es nuestro turno
de girar como anillo juguetón
alrededor de Saturno

y ponernos a jugar
todo el día sin parar—
el sábado

# Saturday

this day is our time
to turn like a playful ring
around Saturn

and to get to play
nonstop all day—
on Saturday

# Día de los Niños

cómo cambiaría
el mundo si la gente
dondequiera celebrara

cada sábado como un
Día de los Niños oficial
en todas partes

# Children's Day

how the world
would change if
people would celebrate

every Saturday as an
official Children's Day
everywhere

# Mi día favorito

el sábado es
de veras el día
que me gusta más

me siento feliz
y libre como colibrí
en el Jardín del Edén

puedo ir al parque
para jugar fútbol
con mis amigos

o ayudar a mi hermana
a armar un papalote
y hacerlo volar—

hasta el azul del cielo
parece mucho más azul
el sábado

# My Kind of Day

Saturday is
really by far
my kind of day
I feel thrilled and free
like a hummingbird
in the Garden of Eden

I can go to the park
team up with friends
and play soccer
or help my sister
assemble a kite
and make it fly—
even the blue of the sky
seems a lot bluer
on Saturday

# Una gran familia

tras repasar cada
uno de los siete
días de la semana

y recordar todas
las cosas que hacen
de la vida una maravilla

comienzo a ver
cada día como parte
de una gran familia

donde cada miembro
de la familia es tan único
tan valioso y especial—

ahorita a cada uno
y a la familia toda
quisiera abrazar

# One Big Family

after going over
each of the seven
days of the week

and recalling all
the things that
make life a wonder

I begin to see
every day as part
of one big family

where every family
member is unique
so worthy and special—

right now I would hug
each and every one
in the whole family

## Reference Sources

Holloway, April. "Pagan Gods and the naming of the days." Ancient Origins. November 17, 2013. http://www. ancient-origins.net/myths-legends/pagan-gods-and-naming-days-001037.

"NASA Knows: Solar System and Beyond (Grades 5–8)." NASA. September 16, 2015. https://www.nasa.gov/ audience/forstudents/5-8/features/nasa-knows/solar-system-and-beyond/index.html.

"Origin of Day Names." The Old Farmer's Almanac. http://www.almanac.com/content/origin-day-names.

"Origins of the names of the days." Encyclopedia Mythica. http://www.pantheon.org/miscellaneous/origin_ days.html.

Upton, Emily. "Why We Have a Seven Day Week and the Origin of the Names of the Days of the Week." Today I Found Out. April 9, 2013. http://www.todayifoundout.com/index.php/2013/04/the-origin-of-the-7-day-week-and-the-names-of-the-days-of-the-week/.

Text copyright © 2015 by Francisco X. Alarcón

Illustrations copyright © 2017 by Maya Christina Gonzalez

All rights reserved. No part of this book may be reproduced, transmitted, or stored in an information retrieval system in any form or by any means, electronic, mechanical, photocopying, recording, or otherwise, without written permission from the publisher. Children's Book Press, an imprint of LEE & LOW BOOKS INC., 95 Madison Avenue, New York, NY 10016, leeandlow.com

Book design by Carl Angel

Book production by The Kids at Our House

The text is set in Cantoria and Laurent

The illustrations are rendered in watercolor, gouache, and acrylic markers

Manufactured in China by Jade Productions, August 2017

Printed on paper from responsible sources

10 9 8 7 6 5 4 3 2 1

First Edition

Library of Congress Cataloging-in-Publication Data

Names: Alarcón, Francisco X., 1954-2016, author. | Gonzalez, Maya Christina, illustrator. | Alarcón, Francisco X., 1954-2016. Poems. Selections. | Alarcón, Francisco X., 1954-2016. Poems. Selections. English

Title: Family poems for every day of the week / poems, Francisco X. Alarcón ; illustrations, Maya Christina Gonzalez = Poemas familiares para cada día de la semana / poemas, Francisco X. Alarcón ; ilustraciones, Maya Christina Gonzalez.

Other titles: Poemas familiares para cada día de la semana

Description: New York : Children's Book Press, 2017.

Identifiers: LCCN 2016027874 | ISBN 9780892392759 (hardcover : alk. paper)

Subjects: LCSH: Children's poetry, American.

Classification: LCC PS3551.L22 A585 2017 | DDC 811/.54—dc23

LC record available at https://lccn.loc.gov/2016027874